歡迎來到怪盜
亞森・羅蘋的世界！

怪盜亞森·羅蘋

5 813之謎

原著／莫里斯·盧布朗
編著／二階堂黎人　繪圖／清瀨和
翻譯／王蘊潔

事件導覽

接下來為大家介紹本書中出現的事件和場景！

關於「813」、「APO ON」這兩個密碼的故事

這個密碼背後隱藏了驚人的事實！

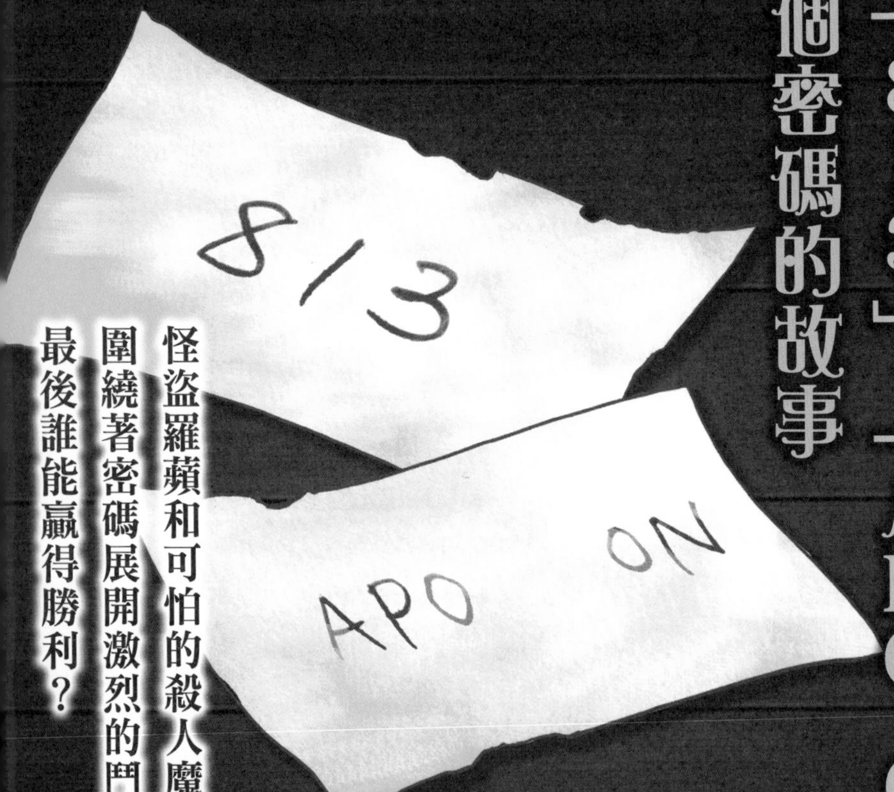

怪盜羅蘋和可怕的殺人魔，圍繞著密碼展開激烈的鬥爭！最後誰能贏得勝利？

那張寫了密碼的紙條
在名叫克塞巴赫的人手上
寫了密碼的紙條是相當寶貴的東西！
聽說克塞巴赫把寫有密碼的紙條，藏在某個隱密的地方小心保管。
羅蘋拿槍指著億萬富翁克塞巴赫，從他手上搶走了紙條!?
亞森・羅蘋
全世界最有名的大盜，是變裝易容高手。
之後便發生了非常可怕的事!!
請向左翻開書頁

朵蘿瑞絲
看到了凶手！
我看到一個
穿著黑斗篷的男人。
朵蘿瑞絲
克塞巴赫的妻子，
美若天仙。
羅蘋的死對頭——那位探長也出現了！
法國警方展開大規模的搜索！
我們一定會
抓到凶手！
勒諾曼總探長
七十歲的老探長。年輕時就是
優秀的刑警，辦案經驗豐富。
葛尼瑪探長
法國警局赫赫有名的探長，
曾經逮捕過羅蘋。
真正的凶手到底是誰？請各位讀者邊看邊思考。

事件1
億萬富翁
克塞巴赫
遭到暗殺！
大富豪克塞巴赫在亞森．羅蘋的拜訪之後，
遭到了暗殺……
亞森．羅蘋
是凶手!?
命案現場
竟然留有亞森．羅蘋的名片
Arsène
Lupin

事件2

怪盜羅蘋被警方逮捕！

羅蘋遭到法國警方逮捕！
真的是羅蘋殺了克塞巴赫嗎!?

我才沒有殺人犯案。我一定會找到真正的凶手。
終於抓到你，把你關進監獄！

有一位大人物
來到監獄找羅蘋！
一位來自德國，地位崇高的人物來找羅蘋。羅蘋奉他的命令，即將前往某個地方……
雖然我曾經找過英國的哈洛克．福爾摩斯，但連他也無法解開密碼。亞森．羅蘋，你有辦法破解嗎？
哈洛克·福爾摩斯
世界聞名的大偵探，
能輕易破解任何疑難案件。
羅蘋到底
要去哪裡？
請向左翻開書頁

羅蘋有辦法解開
連名偵探福爾摩斯也無法
解開的密碼嗎？
身穿黑斗篷的凶手也在城堡內!?
黑斗篷男子到底是誰？
大家能逃脫生死危機嗎？

位在德國的巨大城堡！

**這是克塞巴赫所買下的古老城堡。
據說只要解開「813」和「APO ON」這兩個密碼，
就能揭開隱藏在城堡內的驚人祕密！**

**故事的舞臺
從法國移到了德國！**

※地圖上的國境是現代的國境

城堡內的情況

先大概介紹一下羅蘋前往德國
所造訪的那座城堡內部情況。
這裡或許隱藏了解開密碼的線索。

每個房間都以
希臘神話的神祇
名字來命名。
阿波羅
APOLLON
宙斯
ZEUS
這就是
城堡內的
房間！
名字叫作
伊吉妲的少女
和老管家一起
住在那裡。

請各位也欣賞一下我華麗精采的變裝。 羅蘋

這個故事發生當時的歐洲

一九一〇年代，歐洲各國都想擴張領土，法國和德國間的緊張關係一觸即發，隨時都可能爆發戰爭。這個故事就發生在這樣的時空背景下。緊接著，在一九一四年，爆發了第一次世界大戰，法國和德國成為敵國開戰。

這個故事中出現的真實人物

本書中出現了拿破崙，以及留著「翹鬍子」的德國皇帝威廉二世等，是歷史上留名人物的真實人名。

拿破崙（拿破崙一世）

一七〇〇至一八〇〇年代的法國革命時期軍人，之後成為法國皇帝。

授權提供：達志影像

雅典娜
ATHENA

伊吉妲
城堡管家的孫女，在城堡內出生。

直到最後一刻都令人緊張的懸疑推理故事。

目次

事件導覽……2

事件 813之謎

1 鑽石大王……6
2 陌生男子……18
3 祕藏的寶物……27
4 羅蘋犯案？……39
5 巴博瑞上校……53
6 朵蘿瑞絲的眼淚……60
7 羅蘋的聲明……65
8 怪盜變裝……74

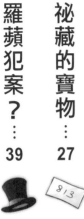

9 羅蘋入獄…83

10 地位崇高的男人…92

11 貝爾頓村的古堡…101

12 羅蘋的危機…108

13 N…114

14 813之謎…127

15 緊追不捨…140

16 殺人魔現身…154

尾聲…158

關於這個故事 編著・二階堂黎人…166

※本書為了適合兒童閱讀，修改了一部分出場人物的設定和故事內容。

1 鑽石大王

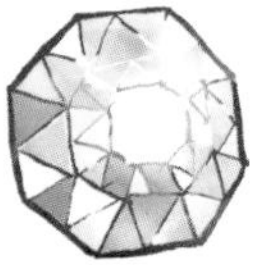

「夏普曼，又有人偷溜進這個房間了。」

企業家克塞巴赫忐忑不安的對祕書說。

這裡是法國巴黎的一家豪華飯店。

克塞巴赫在一個星期前來到巴黎談一筆生意，於是包下這家皇宮飯店頂樓的所有房間。

克塞巴赫是德國人。

大家都稱他為鑽石大王。

他在南非*有一座很大的礦山，可以挖掘很多鑽石，他也因此致富。

*南非：目前的南非共和國，位在非洲大陸的最南端。

雖然克塞巴赫年紀輕輕，才三十歲，卻已是億萬富翁。

祕書夏普曼搖搖頭。

「老爺，你可能多心了。

我們剛才走進來時，門都鎖得好好的。

而且，所有的窗戶都關著。」

祕書的話顯然無法令克塞巴赫安心。

他不以為然的說：

「就算如此，我相信絕對有人進過這個房間。

你看，我的皮包被人打開過。

昨天放在書桌上的文件也被翻亂了。

那個人可能想要偷走我的重要東西……但也有可能想要我的

命。」

祕書見他如此執拗*，只好無奈的說：

「既然這樣，我們要提高警覺。我請飯店的總經理派警衛在走廊上站崗吧！」

克塞巴赫非常同意這樣的作法。

「好，就這麼辦。另外，也要請警方協助，你打電話去巴黎警局。」

克塞巴赫越說越焦慮，立刻吩咐祕書打電話。

*執拗：形容個性固執而不肯妥協。

「……老爺，葛尼瑪探長會來這裡。

葛尼瑪探長是全法國最有名，也是數一數二的優秀警探，多年來，他一直努力設法逮捕亞森・羅蘋。」

夏普曼掛上電話時向主人報告。

「是嗎？太好了。

那麼，就請葛尼瑪探長務必抓住想要算計我的傢伙。」

鑽石大王心滿意足的點點頭。

亞森・羅蘋不僅聞名法國，就連全歐洲人都知道這位大盜。

他是變裝易容的高手，扮誰像誰。

即使有大批警察站崗的地方，他也能從警察眼皮底下偷走他想要的寶物。

但他向來只偷為富不仁的有錢人，對窮人和孩子卻很親切，所以大家都稱他為「紳士怪盜」。

曾經有一段時間，報紙上幾乎每天都有羅蘋的消息。
然而不知為什麼，這兩年他完全沒有犯案，形同銷聲匿跡*。
克塞巴赫心神不寧的看著牆上的大鏡子。
鏡中出現自己的臉，有一對藍眼睛，嘴邊留著黑色的鬍子。
（該不會有人察覺我正在策畫的大祕密？
所以才悄悄潛入我的房間，想要尋找線索……
但是，別人絕對不可能發現這個祕密。
只要這個計畫成功，就可以掌握巨大的權力。
不要說是鑽石大王，我甚至可以成為一國之王。

*銷聲匿跡：隱藏形跡，不公開出現。

為了計畫能成功，我一定要格外小心謹慎，絕對不能大意。）

克塞巴赫在心裡對自己這麼說。

接著，他轉頭問祕書：

「夏普曼，朵蘿瑞絲去了哪裡？」

「夫人帶著女傭去百貨公司買東西。」

「她又去買一大堆衣服、戒指亂花錢了？

朵蘿瑞絲真令人傷腦筋啊！

她是不是誤以為我有金山銀山，口袋裡的錢都花不完……」

克塞巴赫雖然很有錢，但對於妻子喜愛亂花錢的行為有些受不了，不由得皺起眉頭。

他和年輕妻子朵蘿瑞絲才剛結婚三個月。

朵蘿瑞絲是荷蘭人，之前在阿姆斯特丹*的歌劇院當歌手。克塞巴赫對貌若天仙的朵蘿瑞絲一見鍾情，最後順利娶她為妻。

「算了，這也是無可奈何的事。」

克塞巴赫嘆著氣說這句話時，電話響了。

祕書連忙接起電話。

「……老爺，巴博瑞上校已經到樓下的櫃檯。」

「嗯，你馬上去接他上來，他是重要的客人。

在巴博瑞上校離開之前，我不會見其他客人，所以不要讓任何人進來。」

克塞巴赫說話時露出興奮的表情，和剛才完全判若兩人。

鑽石大王克塞巴赫委託當偵探的巴博瑞上校調查一件事。

他一直在等待這件事的調查結果。

祕書離開前，突然想起什麼似的轉身問：

「如果葛尼瑪探長來了呢？」

「在我和巴博瑞上校談完之前，請他在一樓大廳等候。」

克塞巴赫滿面笑容，坐在書桌前。

＊阿姆斯特丹：歐洲西北部國家荷蘭的首都。

2

陌生男子

克塞巴赫坐在桌前沉思。

過了一會兒，他從抽屜裡拿出一份文件。

克塞巴赫看完文件後，抬起頭。

他看了看鐘，忍不住嘮叨：

「夏普曼怎麼去那麼久？」

祕書剛才去迎接客人，但遲遲沒有回來。

克塞巴赫從椅子上站起來的同時，倒吸了一口氣。

（天啊！那個人在那裡站了多久？）

他發現一個男人站在通往隔壁房間的門前。

「你……你是誰？」

克塞巴赫邊後退邊說道。

那個陌生男人冷笑著。

他看起來是位年輕紳士，衣著乾淨瀟灑，模樣相當溫文儒雅。

「你竟然問我是誰？

當然是巴博瑞偵探社的巴博瑞上校啊！」

那男人笑著說。

「別開玩笑了，你才不是巴博瑞上校……

夏普曼，你在哪裡？趕快過來！」

克塞巴赫大聲叫喊著。
陌生男人立刻把門打開。
「你的祕書正躺在那裡。」

克塞巴赫往隔壁房間一看，愣住了。

夏普曼全身被繩子捆綁，嘴裡塞了手帕，倒在地上。

他的旁邊站著一個微胖的男人，手上拿著槍。

那個人一定是陌生男人的手下。

「可惡！」

克塞巴赫怒不可遏，急忙從書桌抽屜裡拿出手槍，扣下扳機。

只聽到「喀噠、喀噠」的聲音，卻打不出子彈。

「哈哈哈哈哈！」

男人放聲大笑。

他走到克塞巴赫面前，一把搶走手槍。

接著，他按住克塞巴赫的肩膀，硬是讓他坐下來。

男人的力氣很大，克塞巴赫完全無法抵抗。

「克塞巴赫先生，你別白費力氣了。

我昨天潛入這裡時，就已經把你手槍裡的子彈拿走。

而且，即使你大喊大叫，飯店的人也不會來這裡。

因為你已經包下這一整層樓的房間。」

「你是強盜嗎？你想要多少錢，我都可以給你。」

克塞巴赫大聲吼道。

「我才不要錢，我想要的是其他東西。」

「你……你要什麼？」

克塞巴赫大吃一驚。

（他該不會知道我的計畫？

難道他已經掌握了什麼，所以想要那個東西？）

男人用識破一切的眼神，看著克塞巴赫的臉。

「呵呵呵……沒錯，我想要那個黑色的小盒子。」

「沒……沒有這個東西，我丟掉了。」

克塞巴赫費力的擠出聲音說。

他的額頭上冒著冷汗。

「你在說謊，那個黑色小盒子放在隔壁臥室的保險箱裡。」

（他為什麼連這件事都知道？）

克塞巴赫既震驚又害怕，簡直快要昏過去了。

「不……不是，那是另外的小盒子……」

男人不耐煩的說：

「趕快把保險箱的鑰匙交給我。」

男人向他伸出手。

「不要！我才不會給你。」

克塞巴赫搖著頭，努力拒絕對方提出的要求。

男人把子彈放進剛才搶過來的手槍裡。

裝完之後，毫不猶豫的把槍口對準克塞巴赫的額頭。

「聽好了，我接下來數到十。

如果數完之後，你還沒有把鑰匙交出來，那我就扣下扳機。

只要遲一秒，你的腦袋就會開花。

一……二……七……八……九……」

「好……好，我知道了。

我聽你的，趕快把槍放下。」

克塞巴赫渾身發抖的說。

他顫抖著拿出藏在菸盒裡的鑰匙。

男人叫來守在隔壁房間的手下，把鑰匙交給他。

「馬爾可，隔壁臥室的牆上掛了一幅油畫，後面就是保險箱。你用這把鑰匙打開保險箱。」

「好的。」

馬爾可點點頭，走進臥室。

3 祕藏的寶物

馬爾可在打開金庫的門時，男人拿出名片，放在書桌上。

「不好意思，剛才來不及自我介紹。

我是亞森・羅蘋。」

克塞巴赫感到錯愕，但同時也感到安心。

羅蘋似乎看穿他的心思，笑了笑說：

「呵呵呵……你似乎記得我的名字。

這一陣子因為有點狀況，所以我很安分，沒有驚動大家。

我還有點擔心，會不會被世人遺忘？

沒錯，你想的完全正確。

我雖然是大盜，但也是心地善良的紳士，向來不會殺人。

剛才我用手槍對著你，只是嚇唬你，不好意思啊！」

「我知道你。

你是個十惡不赦的壞蛋。」

克塞巴赫瞪著羅蘋的臉。

但是，羅蘋不理會他，繼續說下去。

「我之前就對你的計畫很感興趣，所以調查了一下。

我知道你來到巴黎後，立刻找了位名叫巴博瑞的私家偵探，也知道你正在找一位名叫皮耶的年輕人。

我想請教你一件事，那個叫皮耶的年輕人到底是誰？他手上掌握什麼祕密？」

「不知道。即使我知道，也不可能告訴你。」

克塞巴赫搖著頭，語氣堅定的說。

「好啊！沒問題，我馬上會讓你開口。」

羅蘋露出從容自在的笑容。

「老大，保險箱打開了。」

臥室那頭傳來馬爾可的聲音。

「裡面有什麼？」

「有一個黑色的小盒子。

裡面……裝有很大的鑽石。

老大，我第一次看到這麼大的鑽石啊！」

羅蘋的手下發出驚呼聲。

隨後，他拿著小盒子跑過來。

羅蘋打開蓋子，瞥了一眼。

小盒子裡的確裝著閃閃發光的大鑽石。

「克塞巴赫先生，這些鑽石對你很重要嗎？」

羅蘋笑了笑，問鑽石大王。

「對。」

「那你花五十萬法郎*買下鑽石吧！竟然必須花錢買自己的鑽石，你一定覺得很不甘心。但如果你不這麼做，我們就會帶走鑽石。」

羅蘋用捉弄的語氣說道。

鑽石大王很不情願的點了點頭。

「好吧！」

「那可不可以請你馬上開支票？對了，這個小盒子很礙事……

*法郎：法國以前使用的貨幣單位，五十萬法郎相當於目前一億多臺幣。

馬爾可，等一下找個地方把這個小盒子丟掉。」

羅蘋拿出鑽石，把黑色小盒子丟給馬爾可。

「等……等一下，這個小盒子用來裝鑽石剛剛好，我還需要。」

克塞巴赫慌張的大聲說道。

羅蘋看到他的樣子，立刻大笑起來。

「哈哈哈哈哈！我果然猜對了。對你來說，重要的並不是鑽石，而是這個小盒子。也就是說，這個小盒子裡藏著什麼祕密。」

羅蘋說完便動手檢查小盒子。

他打開蓋子，然後又關了起來，再用手指仔細摸了盒子裡面。

「哎喲！蓋子內側好像有點可疑……

你看，內側的天鵝絨*是雙層的，裡面是不是有什麼東西？

原來放了兩張摺起來的紙啊！

所以，這上面寫的內容，就是克塞巴赫先生的祕密。」

*天鵝絨：一種富有光澤的布料，表面是柔軟的毛絨。

「老大，這張紙看起來很舊，上面寫了什麼？」

馬爾可也伸長脖子，在一旁問道。

「第一張紙上寫了『APO ON』，另一張寫著『813』。到底要念八百一十三，還是八、一、三呢？」

羅蘋在說話時，斜眼看著克塞巴赫的臉，試圖觀察他的表情。但鑽石大王緊繃著臉，默不吭聲，不讓他看出任何端倪。

「老大，『APO ON』是什麼意思？」

「馬爾可，我也不知道，我們來請教克塞巴赫先生。」

羅蘋把兩張紙放在鑽石大王面前，用嚴厲的聲音問他：

「克塞巴赫先生，請你告訴我們，這就是你費盡千辛萬苦拿到的東西吧？

上面好像寫了什麼祕密。

請問『APO ON』和『813』到底代表什麼意思？」

克塞巴赫把頭轉到一旁說：

「不知道，可能有人隨便亂寫。」

「騙人。如果只是隨便寫的紙條，怎麼會藏在小盒子裡，然後又鎖進保險箱呢？

這是什麼？你在哪裡得到的？到底有什麼價值？

請你老老實實說出來。」

克塞巴赫不發一語，沒有回答羅蘋的問題。

羅蘋探頭看著他的臉說：

「克塞巴赫先生，雖然我是大名鼎鼎的怪盜，但你也不是什麼

813
APO ON

好人。

至今為止，你幹了很多壞事，才會成為億萬富翁。

這些事我都知道得很清楚。

所以，我們要不要聯手合作？

我會協助你的計畫。

呵呵呵……這麼一來，計畫一定會成功。」

「我不要。」

羅蘋聽到克塞巴赫的回答，瞇起眼睛。

「如果你不配合，就再也見不到心愛的朵蘿瑞絲了。」

「你說什麼？」

鑽石大王大驚失色。

「如果你不聽我的建議，我會把你太太帶到遙遠的國外……帶去你一輩子都見不到她的地方。

這當然不是嚇唬你而已。

怎麼樣？克塞巴赫先生，請你馬上回答。

願意接受我的提議，還是拒絕我的要求？」

4 羅蘋犯案？

一個小時後。

一個男人皺著眉頭，等在皇宮飯店的櫃檯。

他是被譽為巴黎最厲害的神探葛尼瑪探長。

克塞巴赫報案，說有人想要加害自己，所以請葛尼瑪探長來這裡。

但他打電話到最高樓層的房間，卻一直沒人接聽。

葛尼瑪探長帶著不祥的預感，搭電梯來到最高樓層。

走廊上，有一間客房的門微微打開一條縫。

「克塞巴赫先生？」

葛尼瑪探長叫了一聲，但沒有人回答，客房內靜悄悄的。

葛尼瑪探長拿出手槍，小心翼翼的走進房間。

最外面的房間和旁邊的客廳都沒有人。

葛尼瑪探長探頭向更裡面的房間一看……

臥室的門打開著，有一個人倒在那裡。

那是一個年輕的金髮美女。

葛尼瑪探長趕緊跑上前。

那女人昏了過去，額頭上有傷痕。

「幸好還有呼吸……」

葛尼瑪探長向臥室後方一看，倒吸了一口氣。

「可惡，出事了。」

一個男人仰躺在床上，脖子上流著血。

葛尼瑪探長曾經在報紙上看過他的照片。

他就是鑽石大王克塞巴赫。

而且，枕頭旁放了一張名片。

名片上印著一個大大的名字——亞森・羅蘋。

殺害克塞巴赫的刀子就掉落在床邊。

刀上沾滿血跡，連名片也沾到了血。

「不，不可能，羅蘋不至於殺人……」

葛尼瑪探長一臉難以置信的表情注視著那張名片。

兩年前，幾乎每天都有羅蘋的新聞，喧騰一時，鬧得沸沸揚揚。

最近他完全銷聲匿跡。

沒想到羅蘋相隔幾年再度出現時，竟然變成殺人魔？

因為發生命案，整家飯店都陷入恐慌。

巴黎警局也派遣大批警察來到飯店展開搜索。

其中有一位七十歲的老人，他是葛尼瑪探長的上司勒諾曼總探長。

他以前在辦案時傷了一條腿，所以走路都要拄枴杖。

他的鬍子全白了，但眼神很犀利。

勒諾曼總探長年輕時就是優秀的刑警，最近也接連偵破多起重大案子，越發聲名大噪。

勒諾曼總探長緩緩的問：

「葛尼瑪，你說羅蘋可能殺害鑽石大王……這是真的嗎？」

葛尼瑪探長指著床上的枕頭說：

「我不知道是不是真的，但現場的確留下了羅蘋的名片。」

「嗯，好久沒聽到羅蘋的名字了……

但是，他到目前為止，從來沒有行凶殺人。

雖然會偷竊，但不曾傷害任何人……」

勒諾曼總探長自言自語著，陷入沉思。

「對，我也一直認為他不喜歡見血，至今仍然……」

葛尼瑪探長很了解羅蘋，也對紳士怪盜竟然殺人這件事感到疑惑。

「聽說克塞巴赫先生的妻子在這裡昏倒了？」

「對，朵蘿瑞絲太太，她的額頭上有傷，昏倒在這裡。她現在正在飯店的醫務室休息。」

勒諾曼總探長問：

「是不是有人打她？」

「朵蘿瑞絲太太剛才帶女傭去百貨公司買東西回來。她回到飯店後，應該是走進臥室尋找丈夫，當時凶手可能還在臥室，所以就遭到凶手毆打。」

「女傭當時在哪裡？」

「在飯店的櫃檯。

因為她們買了很多東西，所以百貨公司的人把她們買的東西送來飯店。

女傭正在樓下櫃檯領取那些東西。」

「沒有其他傭人嗎？」

「剛才發現了克塞巴赫先生的祕書夏普曼。他被人用繩子綁起來，塞在這個樓層走廊盡頭的櫃子裡。他並沒有受傷。」

勒諾曼總探長接著問：

「他有沒有說什麼？」

「他說遭到兩個男人攻擊，然後把他捆綁起來。自稱是羅蘋的男人用手槍恐嚇克塞巴赫先生，不知道問了什麼祕密。

然後羅蘋便拿走了原本藏在保險箱裡的東西，接著把他塞進櫃子。

他並沒有看到克塞巴赫先生遇害時的情況。」

葛尼瑪探長看著牆上的保險箱。

保險箱的門敞開著，裡面是空的。

他困惑的說：

「既然羅蘋是用手槍恐嚇被害人，那麼再用刀子殺人似乎有點不合邏輯。」

「是啊！」

勒諾曼總探長皺起眉頭。

他沉思一會兒後說：

「不知道在保險箱裡原本放了什麼？

難道是巨款？

克塞巴赫先生掌握的祕密又是什麼呢？

這件事並不單純，顯然有什麼隱情……

祕書有沒有說什麼？」

「祕書說，他對主人的祕密一無所知。

但他提供了兩件事，或許可以成

為線索。

首先，克塞巴赫先生雇用了私家偵探，不知道在找什麼人。另外，保險箱裡放了一個黑色小盒子，小盒子裡放了巨大的鑽石，還有兩張紙條。」

「紙條上寫了什麼？」

「祕書聽到凶手和克塞巴赫先生之間的對話。紙條上好像寫了『APO ON』這幾個字，還有『813』的數字。」

勒諾曼總探長沉吟著說：

「嗯……不知道這兩組文字代表什麼意思？」

「會不會是密碼？」

兩人同時不解的偏著頭。

他們當然無法立刻想出答案。

勒諾曼總探長很快就放棄思考紙條的問題。

「這裡是飯店的頂樓，那兩個男人是怎麼出入這裡的？」

他問葛尼瑪探長。

「好像是走飯店外側的逃生梯。

站在後門外的門僮看到兩個可疑的男人，神色慌張的從樓上下來。

但是那兩人戴著黑色面罩，所以看不到他們的臉。」

「如果那張名片屬實，那兩人就是羅蘋和他的手下。」

「如果羅蘋是凶手，那麼就是他們了。」

葛尼瑪探長皺著眉頭說。

這時，一名年輕警察走進來，向勒諾曼總探長咬耳朵。

勒諾曼總探長轉身吩咐：

「葛尼瑪，有一個叫巴博瑞上校的偵探在飯店的櫃檯，說要提供這起命案的相關情況。我去和他見面，這個樓層的搜索工作就交給你了。」

勒諾曼總探長說完，便拄著枴杖，緩緩走出去。

5 巴博瑞上校

勒諾曼總探長來到飯店櫃檯。

他看到一位四十歲左右的男人，正站在那裡心神不寧的東張西望。

那男人的身材壯碩，一眼就可以看出以前是軍人。

「不好意思，還麻煩你特地來這裡。

聽說你知道這起命案的相關情況？」

勒諾曼總探長向對方打招呼。

巴博瑞上校用緊張的聲音回答：

「我聽說克塞巴赫先生遇害，請問這是真的嗎？」

「嗯，很遺憾，這是真的。」

巴博瑞上校有點難以啟齒的說：

「其實，克塞巴赫先生之前委託我，希望能暗中幫他尋找一個人。」

「尋找一個人？」

「是一個名叫皮耶的年輕人。

但他並沒有告訴我，為什麼要找這個人的原因。」

勒諾曼總探長進一步追問：

「那麼，你找到那個年輕人了嗎？」

「是的，我終於找到他，所以來到這裡，打算向克塞巴赫先生報告。沒想到……」

「皮耶是什麼人？」

「他是一個二十歲的年輕人，很貧窮。一個人住在德國的貝爾頓*村，就在萊茵河*附近，靠出售伐木勉強維生。」

*貝爾頓：德國西部地名。
*萊茵河：流經歐洲中部的巨大河流。

※插圖上的地圖和國境，都是根據現代國家的情況所呈現。

「我知道那個村莊，位在法國附近，那裡有一座古堡，對不對？

以前法國皇帝拿破崙攻打德國時，曾經攻下那座城堡。」

「是的，沒錯。」

「那個叫皮耶的年輕人，目前人在哪裡？」

勒諾曼總探長露出銳利的眼神問。

巴博瑞上校不安的說：

「他躲在巴黎近郊的一家小旅館。」

「你有沒有向其他人提過皮耶的事？」

「不，勒諾曼總探長，目前我只向你一個人透露。克塞巴赫先生再三叮嚀我，一定要保密。」

勒諾曼總探長神情凝重的說：

「巴博瑞上校，如果你還想活命，這件事千萬不能告訴任何人。」

巴博瑞上校驚訝的問：

「為什麼？」

「因為這個叫皮耶的年輕人，也許和克塞巴赫先生的命案有關。既然你知道他的消息，很可能因此引來殺身之禍。」

「唉！真沒想到會發生這種事。我絕對不會告訴任何人。」

巴博瑞上校說話的聲音微微顫抖。

勒諾曼總探長摸著下巴，思考一會兒後說：

「接下來，那個叫皮耶的年輕人恐怕也會遭遇不測……好，你馬上帶我的下屬一起去那家旅館，我會派兩個人和你前往。你把皮耶交給那兩個人，由我們帶他去安全的地方。」

「好，我會聽從你的吩咐。」

巴博瑞上校一臉嚴肅的點頭答應。

「對了，你有沒有聽過『APO ON』和『813』？」

「沒有，那是什麼？」

「如果你不知道就算了，當我沒說……」

勒諾曼總探長搖搖手，露出有些失望的表情。

6

朵蘿瑞絲的眼淚

一個小時後，克塞巴赫先生的妻子朵蘿瑞絲清醒了。

勒諾曼總探長和葛尼瑪探長立刻前往探視她。

「啊！怎麼會這樣？為什麼我先生他……

拜託你們，讓他活過來……」

朵蘿瑞絲躺在床上哭泣，嘴裡不斷重複這些話。

她的氣色很差，說話也有氣無力。

「克塞巴赫太太，謹在此向你表示深切的哀悼。

雖然你目前很傷心，但為了早日抓到凶手，是否可以請教你幾個問題？」

勒諾曼總探長輕聲說。

「好……好的，請問是什麼問題？」

朵蘿瑞絲用蕾絲手帕擦拭著眼淚，抬頭注視勒諾曼總探長。

雖然她滿臉悲傷，但美麗的容顏仍然綻放出寶石般美麗的光芒。

勒諾曼總探長和葛尼瑪探長都捨不得移開目光。

「請你告訴我們，你回飯店後看到的情況。」

朵蘿瑞絲無力的搖搖頭。

「在我回到飯店，打開臥室的門後，發現……發現我先生倒在床上……」

「你有沒有看到凶手？」

「有。當時有人躲在門後，突然衝出來撞到我。

那個人身穿黑色斗篷，戴著黑色面罩，所以我無法看清楚他的臉……」

「穿黑斗篷的男人嗎？原來是這樣。

你看到他之後就昏倒，然後一直沒醒嗎？」

「是的。對不起，我沒幫上什麼忙……」

朵蘿瑞絲小聲的致歉。

勒諾曼總探長繼續追問：

「請問你的先生有沒有和誰結怨？或是在工作上和誰發生糾

紛？」

「我不知道。

我先生從來不和我談工作上的事。」

「你知不知道他經常去什麼地方？」

「嗯，我想想……他曾去德國的貝爾頓村好幾次。」

勒諾曼總探長心裡一驚。

因為剛才巴博瑞上校所提到的皮耶，就住在貝爾頓村。

「他為什麼去那裡？」

勒諾曼總探長問。

「因為我先生在貝爾頓村買下一座古堡，他說要把那裡變成我們的別墅……」

朵蘿瑞絲可能想起先生對她的好，又哭了起來。

7 羅蘋的聲明

整個巴黎都沸騰起來。

舉世聞名的億萬富翁——鑽石大王克塞巴赫遭到暗殺。

而且之前傳聞羅蘋已經死去，沒想到有可能是這起謀殺案的凶手……

但是，隔天早晨，全巴黎

的人民更加驚訝。

因為羅蘋在報紙頭版刊登巨幅聲明廣告。

殺害克塞巴赫先生的凶手並不是我。

亞森・羅蘋雖然是大盜，但絕對不會傷害人。

為了恢復我的名譽，我一定要親手抓住目前認為是殺害克塞巴赫先生的黑斗篷男，將他交給警方，繩之以法。

亞森・羅蘋

（原來羅蘋不是凶手？）

（羅蘋實在太棒了！一定要抓到凶手。）

（不，羅蘋在說謊。）

雖然每個人有不同的看法，但不管是不是羅蘋，殺害克塞巴赫的凶手——穿黑斗篷的男人，一定在某個地方。

他也許還在巴黎……

巴黎的民眾都因害怕而人人自危。

巴黎警局也採取行動。

警局內最大的警察局長找來勒諾曼總探長和葛尼瑪探長。

「今天找你們來，不是為了別的事，而是……」

警察局長慢條斯理的開口。

因為積極辦案而感到疲倦的勒諾曼總探長打斷他的話：

「我知道，是為了克塞巴赫謀殺案的事。」

「沒錯，要趕快抓到殺人凶手羅蘋。」

警察局長似乎對羅蘋這個天敵*再度出現感到很不開心。

「但凶手並不是羅蘋。

殺害克塞巴赫先生的凶手另有其人。」

勒諾曼總探長斬釘截鐵的說。

警察局長聞言，露出訝異的表情。

「為什麼？是因為羅蘋在報紙上刊登的聲明嗎？」

「這當然也是原因之一。

但聽克塞巴赫先生的祕書說，羅蘋已經從克塞巴赫先生手上拿走他想要的東西，所以根本沒理由再殺人。」

警察局長看著葛尼瑪探長問：

「葛尼瑪，你的看法呢？」

「我的意見也和勒諾曼總探長一樣，殺人並不像是羅蘋的作風。」

「那兇手是誰？」

「不知道，目前除了從逃生梯逃走的那兩個男人，並沒有發現其他可疑人物。」

葛尼瑪探長苦惱不已。

*天敵：在自然界中，天敵是指會被其吃掉或殺掉的動物，但在這裡指和自己作對的人。

勒諾曼總探長接著說：

「那兩個人在朵蘿瑞絲太太發現克塞巴赫先生屍體的十五分鐘前，就從飯店逃走了。也就是說，被認為殺害克塞巴赫先生的黑斗篷男，並不是逃走的那兩個男人之一。」

「嗯……我們接下來該怎麼辦？」

警察局長露出傷腦筋的表情。

勒諾曼總探長回答：

「葛尼瑪探長繼續負責飯店和巴黎市區的偵查工作，我打算開車去德國的貝爾頓村。

克塞巴赫先生臨死之前，似乎在調查什麼事。

法國也到處有城堡，為什麼要在德國買下古老的城堡……我猜想在貝爾頓村裡，可能隱藏著和這起命案相關的線索。」

「原來是這樣。你要去貝爾頓村……」

警察局長抱著雙臂陷入沉思。

勒諾曼總探長轉頭對下屬說：

「葛尼瑪，這裡的偵查工作就交給你了。」

「好。」

葛尼瑪探長用力點頭。

這時，臉色蒼白的朵蘿瑞絲在一名警察的陪同下走進來。

她穿著一身黑衣，用黑紗蒙著臉，正在服喪。

「克塞巴赫太太，你怎麼了？聽說你身體不舒服，所以去醫院看病。」

勒諾曼總探長露出有點驚訝的表情問。

但是，朵蘿瑞絲沒有回答。

她面無表情的走過勒諾曼總探長身旁，直直走向警察局長，接著拿出一封信，交給不知所措的警察局長。

「局長，我在皮包裡發現這封信，不知道是誰放進去的……」

警察局長打開信後，臉上的表情漸漸凍結。

克塞巴赫太太：

請你把這封信交給巴黎警局局長。

真正的勒諾曼總探長已經在三年前去世。

現在的勒諾曼總探長是冒牌貨。

他的真實身分是亞森．羅蘋。

而且是亞森．羅蘋殺了克塞巴赫先生。

黑斗篷男

8

怪盜變裝

「勒諾曼總探長是羅蘋？」

警察局長自言自語著。

這是怎麼回事？

勒諾曼總探長是巴黎警局的神探，曾經多次立下功勞，但這封信上竟然寫著他是怪盜亞森・羅蘋變裝假扮的？

在場的人都驚訝得說不出話，愣在原地。

真有這種事嗎？

葛尼瑪探長最先採取行動，他用力抓住年邁上司的手臂，大聲說：

「勒諾曼總探長，請你不要動，我要調查你。」

勒諾曼總探長是現場唯一鎮定的人。

「太荒唐了，我怎麼可能是羅蘋？我看起來像羅蘋嗎？而且，數十年來，我偵破這麼多案子，將許多罪犯繩之以法，羅蘋也是我的敵人啊！」

警察局長終於從震驚中回過神，為難的說：

「嗯，我非常了解這些情況，但是……」

警察局長的眼神來回落在葛尼瑪探長和勒諾曼總探長的臉上。

「恕我失禮了。」

葛尼瑪探長用冷漠的聲音說完，便伸手檢查勒諾曼總探長的上衣，將他內側口袋裡的東西全拿出來。

其中有一個黑色小盒子和紙條。

「這是我先生珍藏的盒子，他用來裝鑽石……」

朵蘿瑞絲用快要哭出來的聲音說。

「怎麼會這樣？難道勒諾曼總探長果真是羅蘋？」

警察局長瞪大眼睛，難以置信。

勒諾曼總探長突然哈哈大笑，肩膀不停的抖動著。

他的笑聲不再像剛才那樣沙啞，而是非常年輕爽朗的聲音。

「哈哈哈哈哈！你們終於發現了。

沒錯，我就是羅蘋，就是你們拚命想要逮捕的怪盜。

這封信上寫得沒錯，我從三年前就開始假冒勒諾曼總探長。」

葛尼瑪探長聽了，忍不住發出低吟。

「嗯，我想起來了。勒諾曼總探長在三年前去印度旅行，所以從那個時候開始……」

勒諾曼總探長——不，是羅蘋，他頓時露齒一笑。

「探長，你說對了。勒諾曼總探長在印度發高燒病逝，所以我假扮成他，一直在這裡做總探長的工作。

身為巴黎警局的一份子，協助你們抓壞人。

我的工作表現還不錯，不，是相當出色吧？

當然，我也掌握各位的所有情況。

這真是美好的工作經驗啊！呵呵呵……」

說完，他挺起原本駝背的身體，取下白色假髮和鬍子，接著又拿出手帕擦臉。

轉眼之間，他臉上的皺紋已經消失。

「探長，怎麼樣，看到這張年輕的臉，你應該覺得似曾相識吧？」

眼前這個男人瞇起一隻眼睛，對著葛尼瑪探長擠眉弄眼。

站在葛尼瑪探長面前的，是一個活力旺盛的年輕人。

葛尼瑪探長咬牙切齒的說：

「羅……羅蘋！」

「別擔心，我不會逃走。

這段時間，我要同時扮演勒諾曼總探長和羅蘋這兩個角色，真的有點累了。

去防守嚴謹的健康監獄*休息幾天也不錯。對，我可以在那裡好好休息。

那是一棟很出色的大房子，我把那座監獄稱為健康宮殿。

葛尼瑪探長，快來為我戴上手銬。」

羅蘋說完，便伸出兩隻手。

葛尼瑪探長非常謹慎且俐落的為羅蘋戴上手銬。

「走吧！」

葛尼瑪探長拉著羅蘋。

「等一下，我有話要對克塞巴赫太太說。」

羅蘋向葛尼瑪探長提出要求。

隨後，他用溫柔的聲音對躲在警察局長身後的朵蘿瑞絲說：

「克塞巴赫太太，殺害克塞巴赫先生、攻擊你的人並不是我。

很遺憾，我現在要去健康宮殿，無法馬上追查凶手。

*健康監獄：位於法國巴黎南部的巨大監獄。

但我會在幾天之內逃離監獄，到時候一定會抓住那傢伙——那個身穿黑斗篷的男人。

我向你保證。

亞森・羅蘋說到做到。」

9 羅蘋入獄

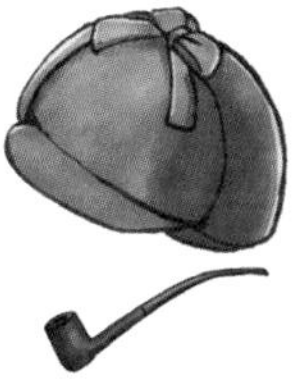

接下來的五天，亞森・羅蘋都乖乖的被囚禁在管制嚴謹的健康監獄獨居房*內。

大部分時間，他都躺在小床上，閉上眼睛思考。

那個穿黑斗篷的男人殺了克塞巴赫，又揭穿自己不是勒諾曼總探長，而是羅蘋，他到底是何方神聖？

*獨居房：監獄內只關一個人的房間。

克塞巴赫掌握的重大祕密會是什麼？

泛黃的紙條上寫的「APOON」和「813」又代表什麼意思？

突然，羅蘋靈機一動，想到一件事。

這時，看守人員為他送來餐點。

羅蘋坐了起來，接過盤子，小聲的問：

「多多比，貝爾頓古堡的情況怎麼樣？」

在這座監獄工作的多多比其實是羅蘋的手下。

「我弟弟假扮成德國警察，去古堡中察看。

老大，你說對了，每個房間都沒有號碼，而是寫上名字。」

「是不是希臘神話中眾神的名字？」

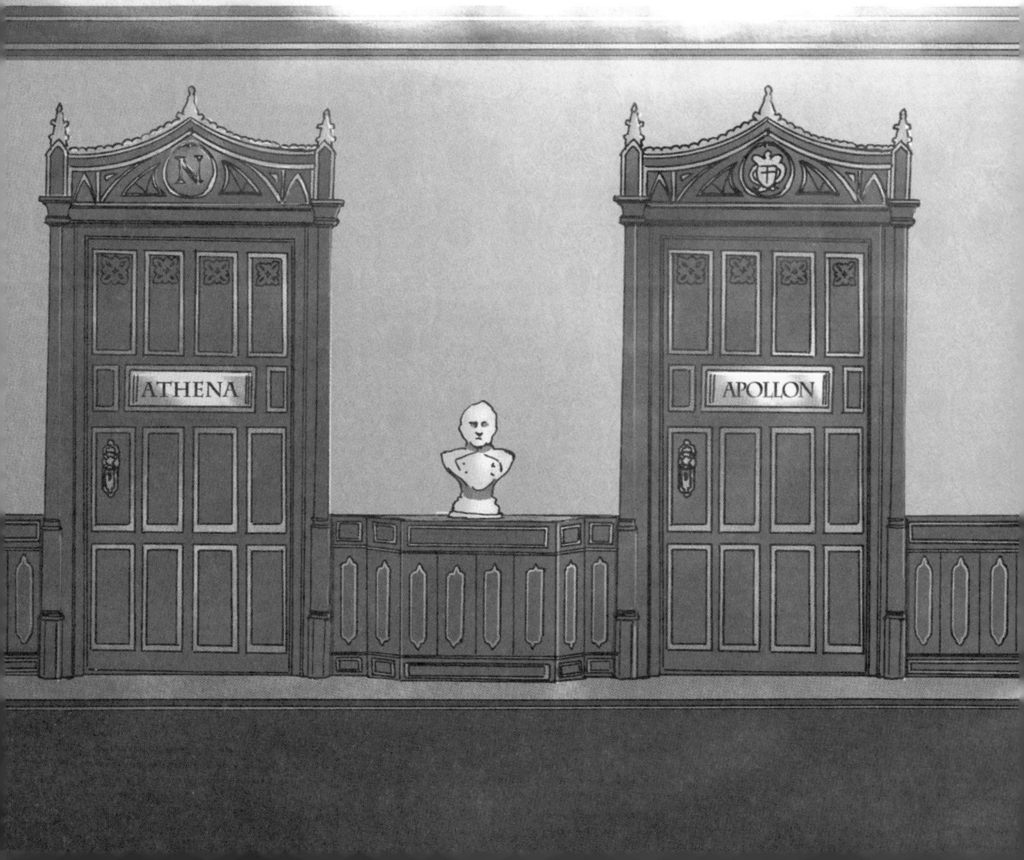

「對，是雅典娜、宙斯、蓋亞、普羅米修斯……」

「也有阿波羅嗎？」

「有。但是，老大，你怎麼知道那裡的房間都用眾神的名字作為代號？」

多多比語帶佩服的問。

羅蘋笑著說：

「這是簡單的推理。不過，這不重要，那位叫皮耶的年輕人目前情況如何？」

「薩帝和都卡斯從巴博瑞上校那裡將皮耶接走，已經帶去老大的祕密基地，讓他在那裡藏身。」

薩帝和都卡斯都是羅蘋的手下，在巴黎警局當警察。

「有沒有詢問他的身世？」

「皮耶說他舉目無親，還是嬰兒的時候就被人丟在教堂前，神父救了他一命。村民也都這麼說。」

「叫薩帝和都卡斯去調查一下皮耶的父母，也許都已經過世。但我想了解他詳細的身世。」

「好的，我會轉告他們。」

「皮耶很可能是某個大人物的後代，如果把他拉攏過來，再破解『APOON』和『813』的謎團，我們或許可以像一國國王，得到巨大的財富。」

羅蘋興奮的說。

然而，多多比卻露出為難的表情。

「不過，發生一件不妙的事，英國名偵探哈洛克・福爾摩斯那傢伙也來了。」

「你說什麼！」

羅蘋大吃一驚。

哈洛克・福爾摩斯被稱為全世界最厲害的名偵探，也是羅蘋最大的競爭對手，向來沒有他解不開的謎團。

「是誰雇用他？」

「不知道，聽說是某個很有實力的人……」

「福爾摩斯什麼時候去古堡？」

「他在前天抵達。」

「這麼說，他已經揭開祕密了？」

羅蘋難得露出失望的表情。

多多比搖搖頭說：

「不，就連福爾摩斯也不知道『APO ON』和『813』是什麼意思。」

「那麼，福爾摩斯現在去了哪裡？」

「他正前往克塞巴赫位在德國的家，聽說他打算在那裡找線索。」

聽到多多比這麼說，羅蘋放聲大笑。

「哈哈哈哈哈！原來是這樣。

我就知道，那個祕密沒這麼容易破解。

連福爾摩斯也沒辦法搞定，非要我出馬才行。」

「老大，你要馬上越獄嗎？

這裡戒備森嚴，得花三、四天的時間準備……」

「不，這件事很簡單，再等一天我就可以離開這裡。」

「為什麼？」

「因為入獄的前一天，我已經寫信給一位大人物。

我猜想是他委託福爾摩斯……

既然福爾摩斯沒辦法破解這個謎團，他就只能靠我。也就是說，這個大人物應該在今天或明天，就會過來將我帶離監獄。」

羅蘋自信滿滿的說完，露出得意的微笑。

10 地位崇高的男人

這天傍晚，羅蘋預言的情況真的發生。

兩名紳士來找羅蘋。

其中一人渾身散發出特殊的氣質，一看就知道地位崇高。

他戴著單眼鏡片*，留著黑色的翹鬍子，披著看起來很高級的斗篷。

*單眼鏡片：只有一片鏡片，供一隻眼睛使用的眼鏡。

另一個人是一本正經的軍人。

「你就是亞森・羅蘋吧？你知道我是誰嗎？」

地位崇高的紳士站在囚禁羅蘋的獨居房前，隔著鐵門，用宏亮的聲音問。

羅蘋深深一鞠躬。

「是的，陛下，我知道。您是德國的威廉二世皇帝……」

紳士舉止莊重的說：

「不可以提我的名字。」

「遵命。」

「所以，你知道我為什麼來這裡？」

羅蘋面帶微笑的說：

「您要將我帶離這座監獄，去貝爾頓村的古堡。」

「沒錯，我已經向法國總理和巴黎警局的局長打過招呼，很快就可以放行。」

「萬分感謝。」

「羅蘋，你在信上說，你可以找到隱藏在貝爾頓村古堡裡的祕密？」

羅蘋充滿自信的說：

「對，全天下只有我才有辦法做到。」

紳士用質疑的口氣說：

「但是，哈洛克・福爾摩斯也失敗了。」

「即使他辦不到，我也可以做到，因為我比他聰明。」

「你應該已經發現，克塞巴赫和我們要
找的東西有多麼重要。」
羅蘋緩緩的說：

「大致可以想像。

首先，一旦公諸於世，將會對德國和周圍國家造成很大的災難，恐怕整個歐洲都會陷入戰爭。

另外，名叫皮耶的年輕人可能和您有血緣關係……」

紳士舉起手制止羅蘋。

「不要再說了。」

「遵命，陛下。」

「為了以防萬一，我必須先確認。

你即使得知這個祕密，也不會用它威脅、勒索我們吧？」

紳士露出狐疑的眼神看著羅蘋。

但是，羅蘋露出滿面笑容。

「對，我不會做這種事。

我只是喜歡解謎，也喜歡冒險。

老實說，原本打算解開這個祕密，可以得到相當於一個國家的廣闊領地*，但現在我只希望能為陛下效勞。」

「為什麼？」

「因為這攸關法國的和平，而且我知道對陛下來說，這是很重要的東西。

我一旦在古堡找到陛下想要找的東西，就會立刻交給您，感謝您的營救之恩。

但是，我希望您可以指示德國警察，要求法國警察……尤其是葛尼瑪探長和福爾摩斯，不要再追捕我。

一旦他們處處妨礙，我便無法專心解開謎團。」

「好，羅蘋，我讓你獲得充分的自由。

你盡快找到我想要的東西，讓我可以放心。」

「遵命，請陛下相信我。」

羅蘋語氣堅定的說完，便開始著手收拾東西，準備離開監獄。

＊領地：屬於自己，可以自由支配的土地。

813
APO ON

11 貝爾頓村的古堡

「羅蘋，你聽好了，絕對別動歪腦筋企圖逃走。即使你逃走，也會馬上被捕。」

這幾個小時內，瓦丹馬隊長不知道第幾次說這句話。

當他們抵達位在德國西部的貝爾頓村時，瓦丹馬隊長又一次對他叮嚀。他就是昨天跟在德國皇帝身後的那個軍人。

羅蘋「噗哧」一聲笑出來。

「我不會逃，我要親手揭開隱藏在貝爾頓村古堡的祕密。」

貝爾頓村的古堡位在萊茵河畔，這是六百年前建造的城堡，周
圍是一片茂密的森林。

「羅蘋，皇帝給你的時限是到後天中午為止。你要在時限之前解開祕密，找到重要的東西，否則就馬上把你送回健康監獄。」

車子駛入大門，經過庭院，來到玄關，有四個人已經等在那裡。

其中一人是克塞巴赫的遺孀朵蘿瑞絲，克塞巴赫的祕書夏普曼站在她身旁。

朵蘿瑞絲依然美麗動人。

一個白髮老人牽著一個十二歲左右的女孩站在不遠處。

「克塞巴赫太太，謝謝你特地來迎接。」

羅蘋恭敬的說。

她露出不解的眼神，注視著羅蘋的臉。

「太令人驚訝了，你和勒諾曼總探長根本是兩個不同的人，無論長相、身材都不一樣。」

「對，我今天是俄羅斯的公爵*。」

「你真的沒有殺害我先生嗎？」

朵蘿瑞絲問。

她似乎仍然無法相信羅蘋。

「我只有恐嚇克塞巴赫先生。

如果我是兇手，會連同祕書夏普曼先生一起幹掉。

*公爵：貴族地位之一。爵位身分中，公爵的地位最高。

我會親手揭開隱藏在這座古堡中的祕密，而且一定會抓到殺害克塞巴赫先生的凶手。」

這時，瓦丹馬隊長在一旁盛氣凌人的說：

「你這種竊賊怎麼可能做得到！偵探哈洛克・福爾摩斯和我的手下已經找遍這座古堡的每個角落，最後什麼都沒發現。」

即使瓦丹馬隊長不把羅蘋放在眼裡，他也完全不介意。

「那是因為你們找的方法有問題，想必連福爾摩斯也找錯地方。」

「既然這樣，你就趕快揭開祕密。」

「先別急，後天中午之前，還有足夠的時間。

千里迢迢來到這裡，我口很渴，是不是該讓我先喝一杯美味的飲料？

我可以一邊喝一邊思考，解開謎團。」

羅蘋露齒一笑，快步走進城堡內。

12 羅蘋的危機

「這杯咖啡真香啊！讓人完全消除疲勞。」

羅蘋瞥了一眼心浮氣躁的瓦丹馬隊長，充分放鬆心情。

他喝完咖啡，才站起身來，在老人的帶領下，參觀整座城堡。

那女孩也戰戰兢兢的跟著他們。

老人名叫恩格爾，是這座城堡的管家。

女孩是他的孫女伊吉妲。

伊吉妲很內向，即使羅蘋向她打招呼，她依舊害羞得不敢抬頭直視羅蘋。

她小心翼翼的把皮革封面的古書和破筆記本，還有很短的鉛筆抱在胸前，走到哪裡都帶著。

因為城堡很大，他們花了三個小時，才終於繞完一圈。

參觀完畢時，天色已逐漸黯淡。

「羅蘋，怎麼樣？你有沒有發現什麼？」

在一樓餐廳吃著城堡裡廚師準備的晚餐時，瓦丹馬隊長問羅蘋。

他說話時仍然一副高高在上的態

度。

朵蘿瑞絲和夏普曼也看著羅蘋。

羅蘋喝了一口葡萄酒，慢條斯理的說：

「這座城堡的所有客房，都用希臘神話中眾神的名字來命名，但哈洛克．福爾摩斯是不是花最多時間在『阿波羅*』的房間內仔細調查？」

「沒錯，你怎麼知道？」

「因為克塞巴赫先生的紙條上寫著兩個奇怪的文字，『APOON』就是指那間名叫『APOLLON（阿波羅）』的房間。

可能有人寫得太匆忙，漏掉中間的兩個『LL』，也可能是因

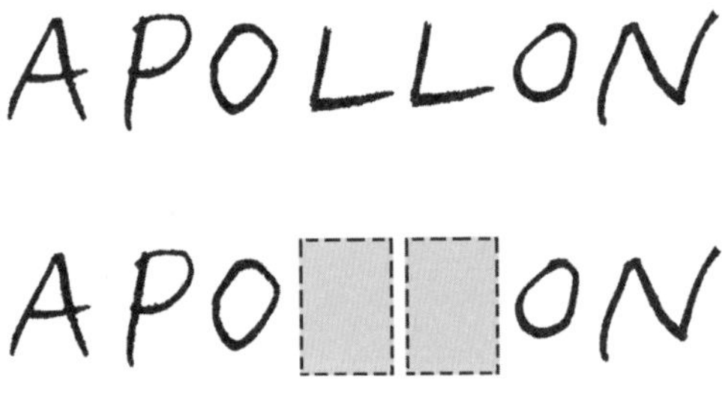

為紙條年代久遠的關係，把這兩個字母磨掉。

我相信偵探福爾摩斯也這麼想。

瓦丹馬隊長，這是很初級的推理。」

「嗯……那『813』又是什麼？」

「只要去『阿波羅』的房間檢查一下就能知道。」

瓦丹馬隊長不懷好意的笑出聲來。

「但是羅蘋啊！福爾摩斯仔細檢查過『阿波羅』那個房間的每個角落，仍然沒有找到任何東西。」

「呵呵呵！別忘了我是竊賊，我最擅長的就是找東西……」

＊阿波羅：希臘神話中十二神之一，掌管太陽、醫術和音樂。

羅蘋說到這裡，手上的葡萄酒杯突然掉在地上。

「嗚……嗚嗚……」

羅蘋發出呻吟，用手按著喉嚨，整張臉痛苦得扭曲起來。

「羅蘋，你怎麼了？」

瓦丹馬隊長大聲喊著站起身來。

朵蘿瑞絲和夏普曼則因受到驚嚇而愣在原地。

「嗚……可惡！是毒……中毒……

一定是殺害克塞巴赫先生的……黑斗篷男幹的……」

羅蘋敵不過毒藥，好不容易擠出這些話。

隨後，他便整個人倒在桌子上。

13

N

「呃……這裡是……哪裡？」

羅蘋終於可以張口說話。

他覺得全身異常沉重，整個胃隱隱作痛，眼睛也睜不開。

腦袋裡像有黑色的漩渦在打轉。

「有人在你的葡萄酒裡加進劇毒，你中了毒。

村裡的醫生來看過診，據說那種毒很可怕，普通人恐怕早已被毒死。」

說話的是瓦丹馬隊長。

羅蘋虛弱的躺在床上。因為發著高燒，他滿臉通紅，全身微微發抖。

「我向來都是小心謹慎，為了以防萬一，平時會吃解毒藥*，才

*解毒藥：這裡指消除毒藥作用的藥。

撿回一命……

解毒藥在我上衣內側的口袋裡，請你幫我拿過來。用一個銀製的小盒子裝著。」

瓦丹馬隊長連忙幫他拿來。

羅蘋用顫抖的手指從盒裡拿出兩顆黑色藥丸吞下。

接著，他問瓦丹馬隊長：

「從我中毒到現在……已經過了多久？」

「這是你來城堡的第三天，快要上午十一點了。你和陛下約定的時間只剩下一個小時。」

羅蘋聞言大驚。

「已經過了這麼久……我現在沒時間躺著。

黑斗篷男人一定在這座城堡的某個地方，那傢伙會搶先掌握祕密。」

瓦丹馬隊長不以為然的說：

「羅蘋，你已經沒戲唱，趕快放棄吧！等你可以下床走路，就馬上把你送回監獄。皇帝已下令派許多士兵前來，很快就會抓到凶手。」

羅蘋掙扎著想起身。

「不，黑斗篷男人是可怕的強敵，我會戰到最後一刻。」

羅蘋感到呼吸困難，喘息著說完這句話，又閉上眼睛。

他的臉上冒出豆大的冷汗。

不一會兒，他微微睜開眼睛。

「請帶我去二樓的房間……」

「你要去哪裡？」

「沿著大樓梯上樓，然後去第十二個……房間。」

聽到羅蘋的要求，瓦丹馬隊長思考著該怎麼辦。

雖然離時限還有一點時間，但他不想聽從竊賊的要求。

這時，在一旁滿臉擔心的朵蘿瑞絲用柔和的聲音說：

「隊長，請讓羅蘋試一試。

我也想找到已經去世的先生想尋找的東西，更希望能抓到殺害我先生的凶手。我可以和你們一起去嗎？」

「那好吧！但你不要妨礙我們辦事。」

瓦丹馬隊長命令下屬，讓渾身無力的羅蘋坐在椅子上，然後連同椅子一起搬上二樓。

「喂，羅蘋，已經到第十二個房間了。」

放下椅子後，瓦丹馬隊長搖著低頭不語的羅蘋肩膀。

羅蘋茫然的睜開眼睛。

「這裡是『阿波羅』的房間吧？」

「不是，是『雅典娜』的房間。」

「什麼？不是『阿波羅』？」

羅蘋驚訝的巡視四周。

他的表情很痛苦，可能全身都很疼痛。

「為什麼會犯這樣的錯誤……

而且，落地鐘和火爐上都有大大的金色『N』字，如果是『雅

典娜（ATHENA）』，第一個字母不應該是『A』嗎？

『813』到底代表什麼意思？

啊，如果是平時，這種問題只要五分鐘就可以解決，因為中毒的關係，腦筋也不靈活了……」

羅蘋抱著頭喃喃自語著。

瓦丹馬隊長和朵蘿瑞絲只是盯著他瞧。

就在這時，走廊上傳來嘈雜聲。

「陛下。」

瓦丹馬隊長連忙挺直身體敬禮。

德國的威廉二世皇帝帶著三名家臣走進來。

「瓦丹馬隊長，情況怎麼樣？羅蘋有沒有找到那樣東西？」

「目前的狀況……」

瓦丹馬隊長向威廉二世皇帝報告目前為止所發生的事。

威廉二世皇帝露出冷漠的眼神，低頭看著羅蘋。

「當初果然不應該找竊賊來幫忙。

這傢伙是壞蛋，而且還是騙子，我看殺害克塞巴赫的凶手應該就是他沒錯。

瓦丹馬隊長，把他送回監獄。」

羅蘋聞言，用盡全身力氣抬起頭說：

「陛下，請等一下，現在還沒到約定的時間……

我會解開謎團，我一定可以！」

「既然這樣，就趕快把我要的東西找出來。」

13 N

「別擔心，我只是稍微繞了遠路……

這裡不是『阿波羅』房間，而是『雅典娜』……」

羅蘋說到這裡，甩甩頭，努力想讓腦袋清晰。

「陛下，這裡該不會是以前拿破崙皇帝攻下這座城堡時曾經住過的房間？」

威廉二世皇帝點點頭。

「沒錯。為了紀念這件事，所以落地鐘和牆壁都鑲上金色的『N』字。」

羅蘋沉思一會兒，接著說：

「陛下的近親，管理這一帶土地的赫爾曼大公三世，也曾經住過這個房間吧？」

813
APO ON
N
APO ON

「嗯，因為這座古堡就像是他的別墅。」

「只差一點……答案就在眼前。」

羅蘋說到這裡，閉上眼睛，睡著似的一動也不動。

「喂，羅蘋，沒有時間了，只剩下十分鐘。」

瓦丹馬隊長不耐煩的說。

一分鐘、兩分鐘、三分鐘……五分鐘。

羅蘋和在場所有人都靜默不語，等著時間靜靜流逝。

突然，羅蘋緩緩抬起頭，看著放在牆壁前的鐘擺時鐘*。

那座落地鐘很大，高度和成人的身高差不多。

*鐘擺時鐘：利用鐘擺晃動，讓分針以一定速度移動的時鐘。

「瓦丹馬隊長，距離約定的時間還剩下幾分鐘？」

「離十二點還剩下一分鐘。」

瓦丹馬隊長用嚴厲的聲音回答。

「沒錯。關鍵……就是時間。」

「三十秒。還有十秒……五秒……三秒……」

羅蘋猛然睜開眼睛。

「瓦丹馬隊長，請你站在落地鐘前。快！」

羅蘋的氣勢震懾住瓦丹馬隊長。

他急忙依言跑向落地鐘。

14 813之謎

十二點，長針和短針重疊。

落地鐘響起「噹噹噹」的鐘聲。

羅蘋坐在椅子上，注視著時鐘的鐘面。

落地鐘報時結束，什麼事也沒有發生。

「羅蘋，接下來要怎麼辦？」

瓦丹馬隊長移開原本放在落地鐘前的椅子，打開玻璃門，讓鐘面和鐘擺露出來。

「瓦丹馬隊長，請你用手指用力按住鐘面數字的地方。依8、1、3的順序按下去。你看，這幾個數字稍微凸出來，只要一按，就能像開關一樣拉出來。」

瓦丹馬隊長依言照做。

「沒錯。」

羅蘋接著說：

「然後再轉動時鐘的針，再次指向十二點的位置。雖然有點麻煩，但請你按照順時針的方向轉動……」

瓦丹馬隊長依羅蘋的指示轉動時鐘的針。

威廉二世皇帝和朵蘿瑞絲都屏住呼吸，緊張的看著到底會發生

什麼事。

長針和短針再度在鐘面十二點的位置重疊。

「噹噹噹……」

室內響起鐘聲。

當第十二次鐘聲響起時——

隨著「喀噠」一聲，時鐘的針停止，鐘擺也停下來。

「喔喔。」

威廉二世皇帝大叫。

落地鐘最上方的山羊裝飾發出

「喀噠」聲並倒向前方。

後方是一個小小的長方形凹洞。

「沒想到這裡隱藏這樣的機關……」

威廉二世皇帝瞪大眼睛。

「請把放在凹洞裡面的東西拿出來，這就是陛下渴望已久的東西。」

羅蘋的話還沒說完，瓦丹馬隊長已經伸出手，把凹洞裡的東西拿出來。

看起來像是一本書，有著皮革封面，但很老舊。

「哎喲，這是什麼？」

站在門口附近的朵蘿瑞絲問。

瓦丹馬隊長沒有回答，只是命令下屬把她推出門外。

房門關上後，室內只剩下羅蘋、威廉二世皇帝和瓦丹馬隊長三個人。

「羅蘋，這本書就是我要找的東西？」

威廉二世皇帝低聲問。

瓦丹馬隊長翻開那本書的封面。

羅蘋靜靜的說：

「沒錯，這是陛下的親戚赫爾曼三世在這座城堡寫的日記。他在因病去世前，偷偷把這本日記藏在那座落地鐘內，只告訴親信*

*親信：身分地位崇高者，身旁親近信任的人。

『813』這個密碼。

這本日記上記載著德國自古以來計畫的外交*關係和條約*，一旦公諸於世，法國和英國都不可能視若無睹，將會在歐洲引發大規模的戰爭。」

*外交：以和平方式處理和外國之間的關係。
*條約：國家和國家之間的法律約定。

威廉二世皇帝不悅的說：

「是啊！到時候會一發不可收拾，所以無論如何都必須避免這種情況發生。」

羅蘋的身體似乎漸漸好轉，他喘口氣後繼續說：

「而且，這本日記上應該還寫著另一件事，就是關於赫爾曼三世唯一繼承人的事，他的名字叫皮耶。

因為赫爾曼三世和皮耶的母親還沒有正式結婚，所以只有包括陛下在內的幾個人，知道孩子存在的消息，這件事並沒有公諸於世。

赫爾曼三世去世時，拿破崙率領的法國軍隊攻進這座城堡，城堡裡的人幾乎都死了。

傳聞赫爾曼三世還在襁褓中的兒子，被奶媽抱在懷裡，從地下祕密通道逃出去。」

威廉二世皇帝打斷他的話：

「等一下，所以說……皮耶王子還活著？」

羅蘋點點頭。

「接下來就輪到被殺害的克塞巴赫出場。

他花了一大筆錢，從赫爾曼三世以前的親信手上，買下關於這本日記下落的密碼，以及有關皮耶王子的消息。

那位鑽石大王打算找到這本日記和皮耶王子——也就是赫爾曼四世，之後籠絡他，得到廣闊的領地。」

「他找到皮耶王子了嗎？」

羅蘋語帶遺憾的說：

「不，沒有人知道他的下落。克塞巴赫已經去世，也沒有人知道相關的調查進展到何種程度。」

但是，這當然是謊言。

（我把那位可能是王子的皮耶藏起來了。很快就會知道他是不是真正的王子……）

羅蘋在心裡嘀咕著。

「羅蘋，你怎麼會想到這本日記在這個房間——『雅典娜』房間呢？

又怎麼知道時鐘的機關？」

威廉二世皇帝問。

「經過我仔細的推理，得到幾個線索。

首先，我假設『813』這個暗號不是念成『八百一十三』，而是分開念，變成『8、1、3』，會是怎樣的結果？

這三個數字相加就是『12』。

所以，我請他們帶我來這裡的第十二個房間，因為只有二樓有超過十二個房間。

如果我知道拿破崙皇帝以前曾經住

在這個房間，應該可以更早解開謎團。

至於暗號『APO　ON』，是代表『NAPOLEON（拿破崙）』的房間，因為年代久遠，『N』『L』『E』這幾個字不見了。

我一開始也和福爾摩斯一樣，誤以為暗號是指『阿波羅（APOLLON）』。

在知道是這個房間之後，就猜想這個落地鐘有什麼祕密。

因為只有時鐘有8、1、3、12這些數字。」

羅蘋得意的說明自己的推理。

瓦丹馬隊長似乎看完整本日記，他抬起頭說：

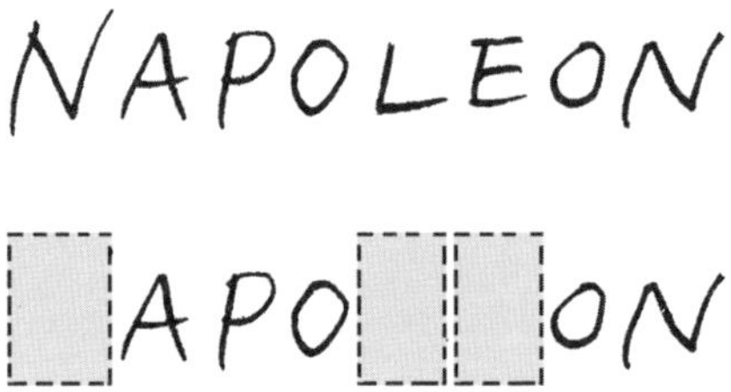

「羅蘋，這的確是赫爾曼三世寫的日記，但完全沒有提到政治、外交的事，也沒有提到皮耶王子。

這是赫爾曼三世來這座古堡之前寫的日記。」

「啊！」

羅蘋不可置信的瞪大眼睛。

「也就是說，這並不是陛下要找的東西。」

室內響起瓦丹馬隊長冷漠的聲音。

15

緊追不捨

「羅蘋，你失敗了，時間到了。」

威廉二世皇帝的聲音在羅蘋耳邊響起。

「不，我會找到，我會找到赫爾曼三世後來寫的日記。」

羅蘋不甘願的說。

瓦丹馬隊長冷笑一聲，拿出手銬，銬住羅蘋的雙手，將他拉出拿破崙的房間。

朵蘿瑞絲憂心忡忡的看著這一切。

羅蘋不由得臉色發白。

（啊！一定是那個傢伙，又被黑斗篷男搶先一步。

他殺害克塞巴赫，又對我下毒。

這個殺人魔果然在城堡中，一定是他搶走重要的日記。）

瓦丹馬隊長把羅蘋關在一個空房間內，將門上鎖。

也許是因為毒藥流遍全身造成的強烈不適，羅蘋安靜的躺在床上。

兩個小時後，他才醒過來。

因為還在發燒，他的臉依舊通紅，但他咬緊牙關，費了很大的力氣站起來。

這也多虧他平時努力鍛鍊身體，才能挺得住。

（黑斗篷男人，我一定要抓住你！）

羅蘋再度在內心發誓。

他撿起掉在房間角落的一小段鐵絲，轉眼之間便打開手銬。

羅蘋悄悄打開窗戶，從窗戶跳出去，以免被守在門外的人發現。

雖然是二樓，但他輕鬆的沿著牆壁凸出來的地方走了幾步，又跳到樹枝上，終於來到地面。

（必須趕快找到伊吉妲。）

剛才昏沉的兩個小時內，羅蘋在半夢半醒之中繼續推理。

他終於發現另一本日記在誰的手上……

一定在少女伊吉妲那裡。

伊吉妲除了筆記本和鉛筆，還隨身帶著一本皮革封面的古書，那本書和藏在落地鐘裡的日記本一模一樣。

而且，「拿破崙」房間的落地鐘前放著一張椅子。

伊吉妲的個子很小，必須站在椅子上，才能按到鐘面上8、1、3的開關，從凹洞裡拿出赫爾曼三世的日記。

伊吉妲在這座城堡出生、長大，一定聽說拿破崙皇帝和赫爾曼三世曾經住過那個房間，以及日記本和８１３密碼的事。

聰明的她因此發現時鐘上的機關。

「如果日記在她手上，黑斗篷男人就會找上她。」

羅蘋急忙尋找恩格爾和伊吉妲的房間。

他們住在古堡深處。

「糟糕！晚了一步嗎？」

一打開門，羅蘋輕喊出聲。

恩格爾和伊吉妲倒在桌子旁。

兩人似乎都被下毒，杯子摔落在地上。

幸好他們還有呼吸，羅蘋立刻讓他們把喝下去的東西吐出來，接著讓兩人服用隨時帶在身上的解毒藥。

「希望恩格爾和伊吉姐能得救……」

羅蘋擔心的說。

他巡視著周圍環境。

房間內找不到伊吉姐隨時帶在身上的那本皮革封面古書，只有破筆記本和鉛筆掉在昏倒的少女身旁。

「又被黑斗篷男人搶先一步。

為了奪走日記，竟然差點殺害兩個無辜的人，真是可惡。

這對爺孫實在可憐，我一定要為他們報仇！」

羅蘋眼中燃起熊熊怒火。

他急忙趕到古堡入口處，一路閃躲著，避免被守在城堡內的威廉二世皇帝手下發現。

當他來到戶外時，聽到大門方向傳來車子的引擎聲。

「該不會……」

羅蘋連忙往大門方向奔跑。

當他趕抵時，看到一輛車子消失在森林中。

「一定是黑斗篷男人。」

羅蘋跳上藏在大門暗處的機車。

這是他吩咐手下馬爾可事先準備的機車，讓他得以騎車逃離城堡。

他急忙發動引擎，以驚人的速度衝出去。

「絕對不能讓他逃走！」

羅蘋的機車很快便追上那輛車子。

開車的人可能發現他尾隨在後，立刻加快速度。

羅蘋也連連催動機車油門。

汽車和機車在森林內崎嶇的路上你追我趕，以驚人的速度呼嘯而過，揚起陣陣塵土。

即將駛入山路時，那輛車子稍微放慢車速。

羅蘋的機車終於和汽車並排行駛。

對方轉動方向盤，將車身撞向羅蘋。

「嘿！」

羅蘋順勢跳上車子。

無人駕駛的機車向右一偏，倒在地上原地打轉。

車上的人時左時右的轉動方向盤，試圖甩掉羅蘋。

羅蘋緊緊抓住車窗的窗框，不讓那人把自己甩開。

「別白費心機了。把車停下！」羅蘋大喊。

終於，他成功打開車門。

那人急忙把車子駛向道路旁。

打開的車門撞到路邊的樹木，飛向後方。

羅蘋在千鈞一髮之際跳進車內。

「你實在太可惡了！」

羅蘋伸手抓向開車的人。

那人單手握著方向盤，另一隻手拿著刀子刺向羅蘋。

羅蘋將身體往旁邊一閃，同時抓住那人的手臂。

刀子差一點就刺進羅蘋的胸口。

那人大叫一聲，撲上前想咬羅蘋的臉。

但他的手因此鬆開方向盤，也無法踩到煞車。

於是，車子在進入下一個彎道時無法轉彎，更停不下來。

「危險！」

羅蘋大叫一聲，趕緊跳出車外。

那輛車子就這麼飛快朝向前面的巨大岩石撞去。

15 緊追不捨

16

殺人魔現身

羅蘋的後背重重摔在地上，喘不過氣來。

他的身體像石頭不停滾動，撞到樹叢後才終於停下來。

「我怎麼可能認輸。」

羅蘋用盡全身力氣爬回山路，搖搖晃晃的站起來。

他慢慢的走向被撞毀的車子。

「啊！怎麼會這樣？」

羅蘋一看駕駛座，不由得倒吸一口氣。

由於撞擊的力道太大，車上的人就這麼握著刀子死了。

那人臉上的表情很猙獰，顯然直到最後一刻，都沒有放棄殺人。

「沒想到……是她，朵蘿瑞絲竟然是殺人魔！」

是的。

黑斗篷男人——那個殺人魔，就是克塞巴赫的太太朵蘿瑞絲。

「真是太可怕的壞女人了。」

原來，朵蘿瑞絲殺害丈夫之後，假裝傷心欲絕，卻試圖用劇毒毒死妨礙她的羅蘋，而且為了搶奪赫爾曼三世的日記，還想下毒害死恩格爾和伊吉妲。

羅蘋親眼看到真正的凶手，也忍不住全身發抖。

他這才想起只有朵蘿瑞絲聲稱看到黑斗篷男人。是她謊稱在飯店遭到黑斗篷男人的攻擊。

「這個壞女人識破我假扮成勒諾曼總探長，雖然我們只見過一次面，她竟然能發現我的真面目。

而我直到最後，都沒有識破她的真實身分……」

羅蘋自言自語著，開始尋找那本日記。

他在朵蘿瑞絲大衣的大口袋中，找到伊吉妲之前整天拿在手上的那本皮革封面古書。

「啊！原來赫爾曼三世的另一本日記上寫著這些內容，有關『813』密碼的案子終於結束了。」

羅蘋隨手翻過幾頁日記，然後小心翼翼的把它抱在胸前，大步邁開步伐……

尾聲

「……這就是『813之謎』的概況。盧布朗，這是我經歷過最可怕的事件。」

我的好朋友亞森・羅蘋在我家喝著咖啡，終於說完這個很長的故事。

我，莫里斯・盧布朗，是個小說家，把從羅蘋那裡聽來的冒險故事寫成小說發表。

剛才聽完的這個故事，我以後也會寫成小說發表。

「朵蘿瑞絲為什麼要做那麼可怕的事？」

我問羅蘋。

「事情結束之後，我去朵蘿瑞絲位在荷蘭的老家調查。

雖然那裡已經沒人居住，但我在房子的天花板上，找到她以前的日記，上面記錄她所做的可怕壞事。

朵蘿瑞絲在嫁給克塞巴赫之前，就曾經謀財害命，為了錢殺害三個人。

朵蘿瑞絲和鑽石大王結婚，成為有錢人，但她並不感到滿足。

她在偶然的機會得知克塞巴赫的計畫，決定把那個計畫占為己有，而且還夢想嫁給皮耶王子，日後成為女王。

為了搶奪赫爾曼三世的日記，她試圖殺害管家老人和少女，幸虧我的解毒藥發揮作用，救了他們兩人一命。」

我替那對爺孫感到高興。

「那真是太好了。但是，朵蘿瑞絲為了自己的野心，竟然謀殺那麼多人。」

我不禁感到背脊發涼。

羅蘋也皺著眉頭說：

「她是個沒血沒淚的魔女，而且聰明絕頂，連我都上了她的當，差點丟掉性命。」

「那個叫皮耶的年輕人有沒有成為德國王子？」

我問羅蘋。

羅蘋一臉遺憾的搖搖頭。

「不，他的真名其實叫傑拉爾‧波普雷。」

我驚訝的問：

「這是怎麼回事？」

「他在嬰兒的時候被調包。

應該是奶媽在逃亡時，為了保護公爵的兒子，把嬰兒和別人的孩子調包。

我調查留在教會的資料後，發現真正的皮耶王子早已生病過世。

我把這件事告訴威廉二世皇帝後，他很失望。」
「那麼，赫爾曼三世的日記呢？
羅蘋，該不會至今仍然在你手上吧？」
羅蘋輕笑著搖頭。
「不，我馬上交給威廉二世皇帝。
他看完日記的內容後，丟進火爐中燒掉了。」
「為什麼？
你大可用日記向威廉二世皇帝索取你要的東西，這樣不是可以得到巨大的財富嗎？」
我覺得有點可惜。
羅蘋聳聳肩說：

「因為我在健康監獄，不，是健康宮殿時，和威廉二世皇帝約定，我會找到日記並交給他來換取我的自由。盧布朗，你應該很清楚，怪盜亞森・羅蘋雖然是大盜，更是一名紳士，而且熱愛從小生長的法國。無論在任何時候，我都會遵守約定。燒掉日記可以預防法國被捲入一場大戰爭，我完全沒有任何遺憾。」

我衷心佩服的說：

「羅蘋，你這次的表現相當出色，不愧是法國紳士。」

「多謝讚美。」

羅蘋爽朗的說著，隨即靦腆的笑起來。

尾聲

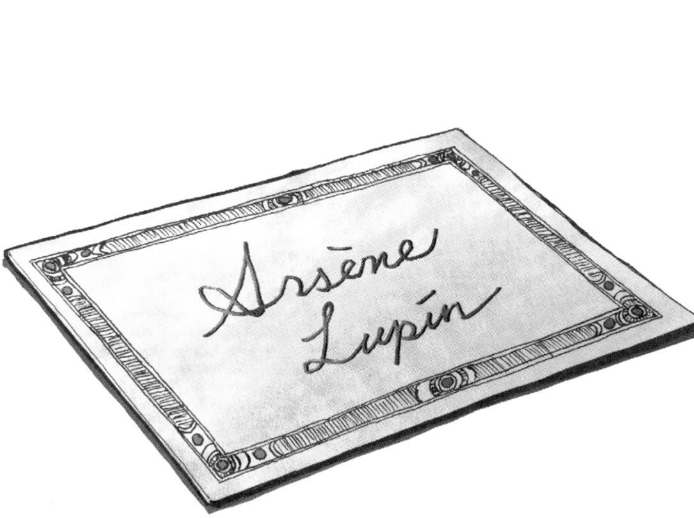

關於《813之謎》

編著・二階堂黎人

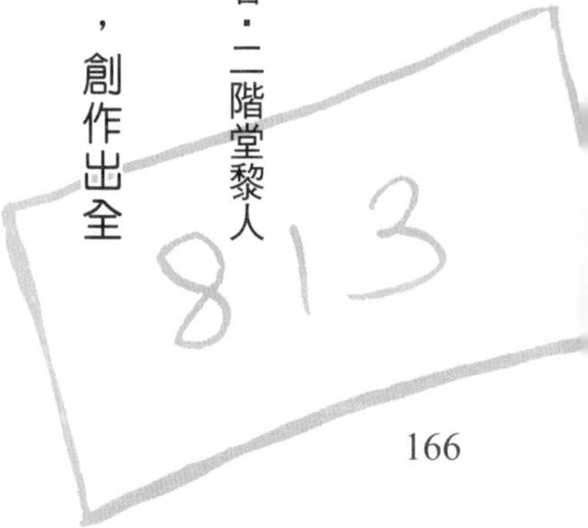

法國作家莫里斯・盧布朗（一八六四年～一九四一年），創作出全世界最有名的怪盜——亞森・羅蘋的故事。

盧布朗筆下的亞森・羅蘋，他最初的冒險始於一九〇五年所發表〈亞森・羅蘋被捕〉這部短篇小說。

當時，名作家亞瑟・柯南・道爾所創作的名偵探夏洛克・福爾摩斯故事，風靡全歐洲，而「亞森・羅蘋」系列小說受好評的程度也絲毫不遜色。

盧布朗生前創作超過二十本羅蘋的作品，每本都相當有趣，其中有幾部特別精采並為人所樂道。包括短篇集《紳士怪盜羅蘋》、《八大奇案》和長篇集《奇巖城》、《水晶瓶塞》、《813之謎》、《虎牙》

等。其中，本書的原著《813之謎》被視為最精采的作品，受到世界各地推理迷的推崇。

《813之謎》在一九一〇年，於法國報紙上連載，同年發行單行本，這是一個很長的故事，完整的譯本分為上下兩冊。

這起案子錯綜複雜，好人和壞人不斷出現，而且變裝名人竟然偽裝成意想不到的角色。最後，就連超人般聰明又厲害的羅蘋，也差點慘遭殺人魔的毒手。

一旦翻開這個故事，必定會感到緊張刺激，讓人情不自禁想看到最後。

為了方便讀者閱讀，我把這個故事改編成你所看到的這本書。

羅蘋有許多生動有趣的故事，除了這套「怪盜亞森・羅蘋」系列，也希望各位讀者日後有機會閱讀完整的譯本，與羅蘋一起思考解謎和冒險。

日本熱銷超過
10萬套
日本小學生
樂讀推薦

培養「思考五力」的益智小說

邏輯力．推理力．觀察力．分析力．組織力

「怪盜亞森·羅蘋」&「名偵探福爾摩斯」系列

培養邏輯思維這樣讀

冒險鬥智必讀・怪盜亞森・羅蘋系列

先閱讀「怪盜亞森・羅蘋」系列，羅蘋鮮明可親的怪盜形象，樂觀爽朗、幽默風趣、行俠仗義，以及俠骨柔情的獨特個人魅力，令人不忍釋卷。看羅蘋精采鬥智，學習他的溫文有禮、反對暴力、濟弱扶傾，正義凜然並富有同情心、體貼心的人格特質。

❶神祕旅客
已上市

❷怪盜與名偵探
已上市

❸皇后的項鍊
已上市

❹少女奧坦絲的冒險
已上市

❺813之謎
已上市

邏輯思考必讀・名偵探福爾摩斯系列

再讀「名偵探福爾摩斯」系列，看福爾摩斯神乎其技的破案解謎，向福爾摩斯學習冷靜的理性思維、縝密推理，以及精闢的洞察力，在潛移默化中，培養過人的觀察、分析、組織能力，腦力升級大躍進！

❶紅髮俱樂部
已上市

❷鵝與藍寶石
2018/08上市

❸最後一案
2018/08上市

❹跳舞人形暗號
2018/09上市

❺巴斯克維爾的獵犬
2018/09上市

★ 讀推理小說・玩數學桌遊 ★

每冊隨書贈送四張精美遊戲炫卡，集滿「怪盜亞森・羅蘋」系列五冊和「名偵探福爾摩斯」系列五冊，全套十冊，共四十張遊戲炫卡，就能玩「終極66桌遊」！

還能挑戰通關密語

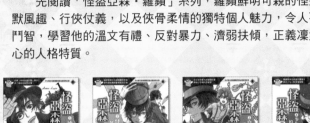

原著　**莫里斯·盧布朗**

一八六四年出生於法國盧昂，是二十世紀初著名的推理、冒險小說家。

莫里斯·盧布朗的家境富裕，父親希望他接手管理事業，然而熱愛文學的盧布朗卻立志走文學創作之路。

盧布朗早期的作品風格與福樓拜、莫泊桑相近，雖受到肯定，卻未能暢銷。直至一九〇五年，首篇亞森·羅蘋短篇小說〈亞森·羅蘋被補〉刊載於雜誌上，立刻造成轟動，盧布朗因此一夕成名，開啟以亞森·羅蘋為主角的一系列小說創作生涯。他所作長、短篇小說，包括《怪盜與名偵探》、《奇巖城》、《八大奇案》、《魔女的復仇》、《813之謎》等作品，奠定他在推理冒險文學的地位，所掀起的羅蘋風潮也席捲全世界。

盧布朗筆下的亞森·羅蘋形象鮮明，不但聰明睿智、膽大心細，兼之風流倜儻、幽默風趣，不喜暴力、崇尚正義的俠盜性格也相當討喜，推理情節精采之處，唯有亞瑟·柯南·道爾所塑造的名偵探福爾摩斯可與之匹敵，這兩套名作也成為推理冒險小說必讀的經典名著。

編著　**二階堂黎人**

一九五九年出生於日本東京。一九九〇年以《吸血之家》入圍第一屆鮎川哲也獎。一九九二年，以《地獄的奇術師》踏入文壇。作品以推理小說為主，創作了以名偵探二階堂蘭子為主人翁的《人狼城的恐懼》四部曲、以水乃悟為主人翁的《智天使的不可思議》，和六歲的幼兒園小朋友成為偵探的《門的那一側》等多部作品。大學時曾擔任手塚治蟲粉絲俱樂部的會長，發表了手塚治蟲的評傳「我們深愛的手塚治蟲」系列。

繪圖　**清瀨和**

日本知名漫畫家、插畫家。代表作有《鋼殼都市雷吉歐斯》、《FINAL FANTASY XI LANDS END》、《學研漫畫NEW日本歷史04：進入武士的世界》。

翻譯　**王蘊潔**

專職日文譯者。熱愛閱讀、熱愛故事。除了或嚴肅或浪漫、或驚悚或溫馨的文學小說，也嘗試多種風格的童書翻譯。過程中，充分體會童心、幽默和許多樂趣。

童書譯作有《胡蘿蔔忍者忍忍》、《山鳩》、「怪傑佐羅力」系列等。

臉書交流專頁：「綿羊的譯心譯意」。

動小說

怪盜亞森．羅蘋❺ 813之謎

原著：莫里斯．盧布朗｜編著：二階堂黎人
繪圖：清瀨和｜翻譯：王蘊潔

總編輯：鄭如瑤｜副主編：姜如卉｜美術編輯：莊芯媚｜行銷副理：塗幸儀
出版：小熊出版／遠足文化事業股份有限公司
發行：遠足文化事業股份有限公司（讀書共和國出版集團）
地址：231新北市新店區民權路108-3號6樓｜電話：02-22181417｜傳真：02-86672166
劃撥帳號：19504465｜戶名：遠足文化事業股份有限公司
Facebook：小熊出版｜E-mail：littlebear@bookrep.com.tw
讀書共和國出版集團網路書店：www.bookrep.com.tw
客服專線：0800-221029｜客服信箱：service@bookrep.com.tw
團體訂購請洽業務部：02-22181417分機1124
法律顧問：華洋法律事務所／蘇文生律師｜印製：漾格科技股份有限公司
初版一刷：2018年7月｜初版十八刷：2023年11月
定價：350元｜ISBN：978-957-8640-29-0
書號：0BIR0024

國家圖書館出版品預行編目 (CIP) 資料

怪盜亞森．羅蘋．5, 813 之謎 / 莫里斯．盧布朗原著；二階堂黎人編著；清瀨和繪圖；王蘊潔翻譯．-- 初版．-- 新北市：小熊，2018.07
176 面；14.8×21 公分
ISBN 978-957-8640-29-0（平裝）

876.59　　107006636

小熊出版官方網頁　小熊出版讀者回函

親愛的讀者：
亞森 · 羅蘋遇上難解謎團！
只要看完「怪盜亞森 · 羅蘋」系列
的五本書，就能解開通關密語。
快來挑戰吧！
? ? ? ? ?
? ? ? 險 破 案

★*Special Gift* 專屬贈品★

終極66桌遊炫卡

讀推理冒險名著，玩益智數學桌遊，你也能像亞森·羅蘋睿智聰明！

數學運算大挑戰　玩桌遊同時練心算

集炫卡，玩桌遊！全套十冊「怪盜亞森·羅蘋」和「名偵探福爾摩斯」系列，每冊書末皆附贈精美遊戲炫卡，集滿十冊共四十張遊戲炫卡，就可以和親朋好友一起玩「終極66桌遊」喔！快取下左頁的四張炫卡，開始收集吧！

◆**遊戲人數**：3～4人

◆**遊戲年齡**：7歲以上

◆**牌卡內容**：內含數字牌共二十七張（分別為數字1～5、7各四張，數字6三張）。功能牌共十三張，包含迴轉（⥂）四張、跳過（Ø）四張、±10兩張、±20兩張，寶石牌一張，共四十張。

◆**功能牌説明**：

迴轉牌（⥂）：改由前一位玩家的方向出牌。

跳過牌（Ø）：跳過下一位玩家接續出牌。

±10牌：可自由選擇加10或減10。

±20牌：可自由選擇加20或減20。

寶石牌：可任意喊數字。

◆**遊戲玩法**：

發給每位玩家各五張牌，可以猜拳決定由誰先出牌，出牌後即可自剩下牌卡堆中抽出一張牌（保持手中始終握有五張牌）。每打出一張牌，便將它和桌上所有打出的牌數字加總，若有玩家出牌後累計數字達到66或超過，該位玩家即為輸家。

❖若已無牌可抽，則將已打出的牌卡進行洗牌後繼續抽。持續到輸家出現為止。